12, 10,

EXLIBRIS

[redacted]

LAURA STODDART

REISETRÄUME

Vom Reisen & Rasten,
vom Aufbrechen & Ankommen

COPPENRATH

Von Laura Stoddart sind im
Coppenrath Verlag bereits erschienen:

GlücksTräume – Von Gärten & Gästen, vom Leben & Wohnen
ISBN 3-8157-2480-5

GlücksTagebuch
ISBN 3-8157-3049-X

Mein Tagebuch – Wege & Ziele
ISBN 3-8157-3453-3

ISBN 3-8157-2755-3

Textauswahl: Katrin Gebhardt
Typographie: Albert Bartel, www.echtwert.de

Die Originalausgabe erschien 2002 unter dem Titel
„Off the Beaten Track“
bei Orion Publishing Group Ltd, London

Published in association with
Orion Publishing Group Ltd, London

Printed in Italy
www.coppenrath.de

INHALT

Eins, zwei, drei, im Sauseschritt
läuft die Zeit, wir laufen mit,
schaffen, schuften, werden älter,
träger, müder und auch kälter,
bis auf einmal man erkennt,
dass das Leben geht zu End.

Viel zu spät begreifen viele
die versäumten Lebensziele,
Freunde, Schönheit der Natur,
Gesundheit, Reisen und Kultur.
Darum, Mensch, sei zeitig weise!
Höchste Zeit ist's! Reise, reise!

Wilhelm Busch

Die Welt ist ein wunderschönes Buch,
doch von geringem Nutzen für den,
der nicht lesen kann.

Carlo Goldoni

Da das Leben kurz und die Welt groß ist –
je eher du auf Entdeckungsreise gehst,
umso besser.

Simon Raven

Oh Ferne, du meine Heimat.

Christian Morgenstern

*N*ur Reisen ist Leben,
wie umgekehrt das Leben Reisen ist.

Jean Paul

DER DUFT DER WEITEN WELT

Was ist die Welt?

Was ist die Welt? Ein ewiges Gedicht,
daraus der Geist der Gottheit strahlt und glüht,
daraus der Wein der Weisheit schäumt und sprüht,
daraus der Laut der Liebe zu uns spricht,

und jedes Menschen wechselndes Gemüt,
ein Strahl ist's, der aus dieser Sonne bricht,
ein Vers, der sich an tausend andre flicht,
der unbemerkt verhallt, verlischt, verblüht.

Und doch auch eine Welt für sich allein,
voll süß-geheimer, nie vernommner Töne,
begabt mit eigner, unentweihter Schöne
und keines andern Nachhall, Widerschein.

Und wenn du gar zu lesen drin verstündest,
ein Buch, das du im Leben nicht ergründest.

Hugo von Hofmannsthal

Warum reist man eigentlich?
Man reist um die Welt bewohnbar
zu finden… Man sucht das Verlorene,
irgendwo muss es doch sein.

Erhart Kästner

Ich bin nicht für nur einen Ort geboren;
die ganze Welt ist mein Heimatland.

Lucius Annaeus Seneca

Bleibe nicht am Boden heften,
frisch gewagt und frisch hinaus!
Kopf und Arm mit heitern Kräften,
überall sind sie zu Haus;
wo wir uns der Sonne freuen,
sind wir jede Sorge los;
dass wir uns in ihr zerstreuen,
darum ist die Welt so groß.

Johann Wolfgang von Goethe

Durchschweife frei das Weltgebiet,
willst du die Heimat recht verstehn.
Wer niemals außer sich geriet,
wird niemals gründlich in sich gehn.

Paul Heyse

Das ist das Angenehme auf Reisen,
dass auch das Gewöhnliche
durch Neuheit und Überraschung
das Ansehen eines Abenteuers gewinnt.

Johann Wolfgang von Goethe

Die Heimat des Abenteurers ist die Fremde.

Emil Gött

Trudele durch die Welt. Sie ist so schön;
gib dich ihr hin, sie wird sich dir geben.

Kurt Tucholsky

Eine Weltkarte, die das Land Utopia nicht enthielte, verdiente diesen Namen nicht, denn ihr fehlte das einzige Land, in dem die Menschheit immer landet.

Oscar Wilde

Wer an der Küste bleibt,
kann keine neuen Ozeane entdecken.

Fernando Magellan

Die Welt ist schon rund, aber jeder muss sie
von neuem umsegeln und wenige kommen herum.

Friedrich Hebbel

Ich meinerseits halte es für äußerst lächerlich,
wenn ich Männer von einer Umrundung
der Erde sprechen höre. Ohne den geringsten Grad
an Wahrscheinlichkeit behaupten sie, dass der Ozean
die Erde umspannt, dass die Welt rund ist,
als wäre sie künstlich so gemacht.

Herodot

Ich bin hinsichtlich der Form der Erde
zu einem anderen Schluss gekommen, dass sie nämlich
nicht rund ist, wie behauptet wird, sondern birnenförmig,
das heißt kugelrund außer an der Stelle, wo der Stiel ist,
dort ragt sie am stärksten hervor.

Christoph Kolumbus

Der Abenteurer ist unentbehrlich,
das wird allerdings erst erkannt,
wenn sich herausstellt,
dass er Amerika entdeckt hat.

Ludwig Marcuse

Das sind schlechte Entdecker,
die glauben, es gäbe kein Land,
wenn sie nur Wasser sehen können.

Francis Bacon

*R*eisen veredelt den Geist und räumt mit Vorurteilen auf.

Oscar Wilde

Halte dich sauber und hell: Du bist das Fenster, durch das du die Welt sehen musst.

George Bernard Shaw

Und wer, wie ein Zugvogel, Rettung sucht durch Wechsel des Ortes, der findet sie nicht, denn für ihn ist die Welt überall gleich.

Anton P. Tschechow

Was wir in Welt und Menschen lesen, ist nur der eigne Widerschein.

Theodor Fontane

Wir mögen die Welt durchreisen um das Schöne zu finden, aber wir müssen es in uns tragen, sonst finden wir es nicht.

Ralph Waldo Emerson

Wir werden nicht aufhören zu forschen, und das Ende unserer Erkundungen wird sein, dass wir dort ankommen, wo wir unsere Reise begonnen haben, und den Ausgangspunkt zum ersten Mal erkennen.

Thomas Stearns Elliot

Die Welt ist ein Buch.
Wer nie reist, sieht nur eine Seite davon.

Augustinus Aurelius

Mensch, ergründe die Welt und nicht die Bücher,
wie viel sie auch enthalten;
es ward stets aus der Welt ja geschöpft.

Friedrich Hebbel

Bücher sind der beste Vorrat, den ich
auf unserer Lebensreise zu finden weiß.

Michel de Montaigne

Wenn einer eine Reise tut…

Schicke den Sohn,
den du am liebsten hast,
auf Reisen.

Sprichwort aus Indien

Nur in der Fremde, nicht zu Hause
sammelt man Ruhm und Erfahrung.

Aus 1001 Nacht

Du kannst dich also nach Belieben in der Welt umsehen: denn
die beste Bildung findet ein gescheiter Mensch auf Reisen.

Johann Wolfgang von Goethe

In jüngeren Jahren ist Reisen Teil der Erziehung,
in späteren Jahren Teil der Erfahrung.

Francis Bacon

Reisen lehrt Tolerieren.

Benjamin Disraeli

Personen, die viel auf Reisen sind und immer neue
Orte und Menschen sehen, zeichnen sich durch eine
gewisse Lebensfrische aus, an der es denen mangelt,
die jahrein, jahraus am selben Platz leben.

Prentice Mulford

Wo sprudeln dir frischer die Quellen des Lebens
als auf Reisen, wenn im Bilderstrom der Welt
du selig dahintreibst.

Carl Peter Fröhling

So viel ist sicher: Reisen tut immer gut.

Voltaire

Froh schlägt das Herz im Reisekittel,
vorausgesetzt, man hat die Mittel.

Wilhelm Busch

Woher komme ich? Wohin gehe ich?
Und vor allem: Was ziehe ich dazu an?

Anonym

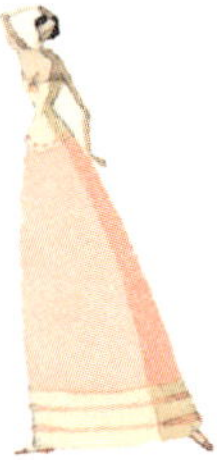

Humor ist eines der besten Kleidungsstücke,
die man in Gesellschaft tragen kann.

William Makepeace Thackeray

Das Benehmen eines Menschen sollte wie
seine Kleidung sein, nicht steif und peinlich akkurat,
sondern frei genug um sich zu bewegen und
sich zu betätigen.

Francis Bacon

Wer alle Sorgen dieser Welt vergessen will, braucht nur Schuhe zu tragen, die eine Nummer zu klein sind.

Mark Twain

Wozu Socken? Sie schaffen nur Löcher!

Albert Einstein

Begrüßt wird man nach Kleidung, verabschiedet nach Klugheit.

Jüdische Weisheit

Wenn wir es recht überdenken, so stecken wir doch alle nackt in unseren Kleidern.

Heinrich Heine

Reise immer in großem Stil, steige in den vornehmsten Hotels ab, kleide dich mit Geschmack! Bist du dazu pekuniär noch nicht imstande, so tue es wenigstens in Gedanken. Wessen Sinn aus falscher Sparsamkeit auf das Billige gerichtet ist, gelangt in die Welle der Dürftigkeit des Sklavischen und Ängstlichen!

Prentice Mulford

Übrigens darf ich mit allem Respekt vor meinem berühmten Hotel sagen, unberühmte sind meistens interessanter.

Theodor Fontane

Mit Koffern, Schachteln, Reisesäcken
dein Glück zu suchen ziehst du aus?
Freund, nimm den leichten Wanderstecken,
du bringst es wahrlich ehr nach Haus.

Emanuel Geibel

Leute mit leichtem Gepäck kommen am besten durchs Leben.

Jakob Bosshart

Das wichtigste Reisegepäck ist ein fröhliches Herz!

Mutter Teresa

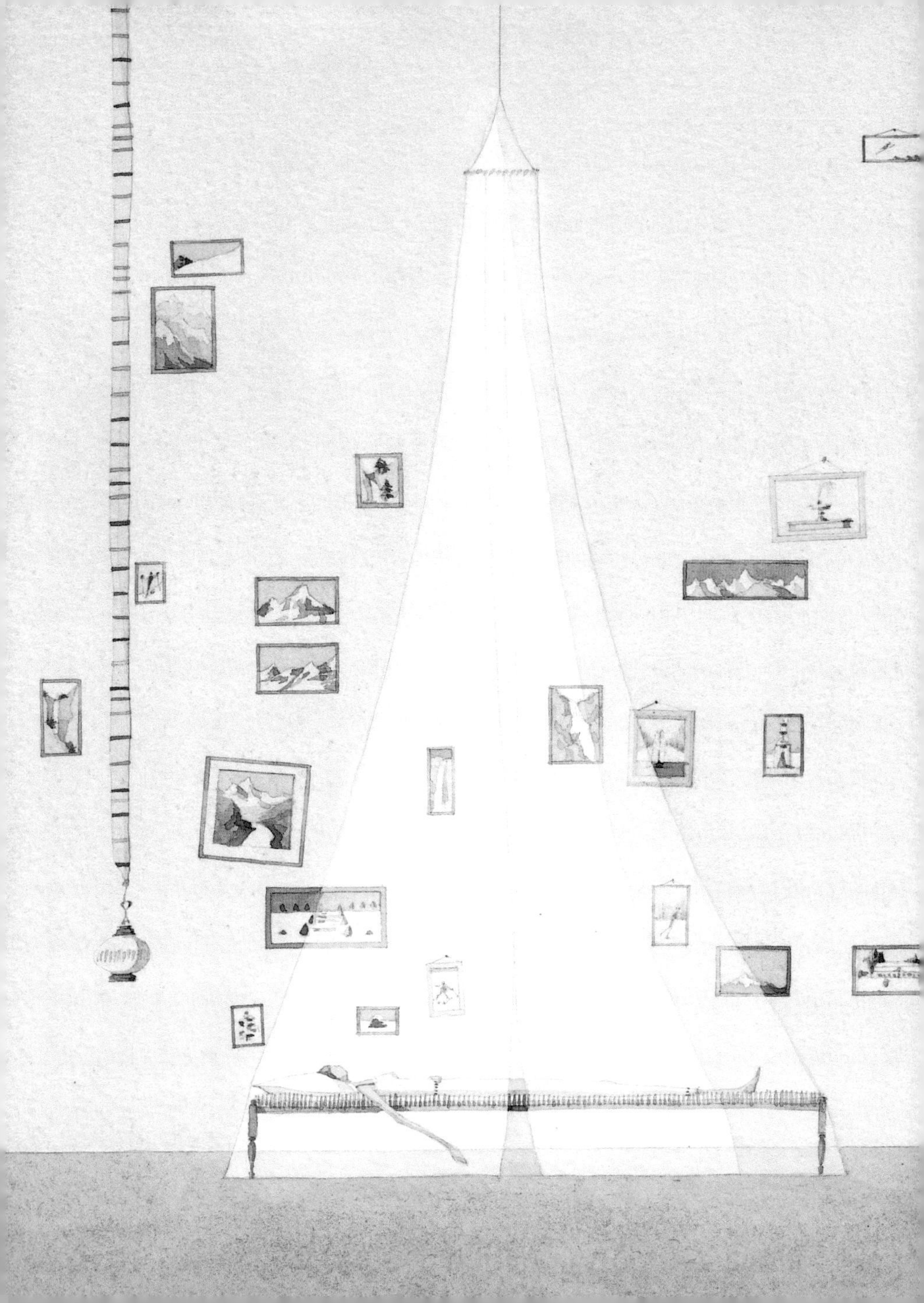

Sehnsucht nach dem Anderswo

Drinnen duften die Äpfel im Spind,
Prasselt der Kessel im Feuer.
Draußen pfeift Vagabundenwind
Und singt das Abenteuer.

Der Sehnsucht nach dem Anderswo
Kannst du wohl nie entrinnen:
Nach drinnen, wenn du draußen bist,
Nach draußen, bist du drinnen.

Mascha Kaléko

Das gelobte Land ist das Land, wo man nicht ist.

Sprichwort aus England

Weitaus mehr Menschen wissen, wo sie fortwollen,
als wo sie hinwollen.

Manfred Rommel

Wenn man nicht weiß, wohin man will,
so kommt man am weitesten.

William Shakespeare

Versuch's und übertreib's einmal,
gleich ist die Welt von dir entzückt.
Das Grenzenlose heißt genial,
wär's auch nur grenzenlos verrückt.

Paul Heyse

Ich will nach oben. Aber nicht zu schnell.

Jan Ullrich

Die bequemste Art zu reisen
ist getragen zu werden.

Krista Grünberg

Menschen reisen um die Höhe der Berge zu bestaunen,
die riesigen Wellen des Meeres, die Länge der Flussläufe,
die ungeheure Ausdehnung des Ozeans, die Umlaufbahnen der
Sterne – und sie gehen an sich selbst vorüber, ohne zu staunen.

Augustinus Aurelius

Vergnügungs-Reisende. –
Sie steigen wie Tiere den Berg hinauf, dumm und schwitzend;
man hatte ihnen zu sagen vergessen,
dass es unterwegs schöne Aussichten gebe.

Friedrich Nietzsche

Der Schlüssel zum unbeschwerten Reisen liegt vielleicht darin, dass man es immer dort gut findet, wo man gerade ist. Das halte ich für eine große und nützliche Kunst. Wenn du das kannst, dann wirst du auch zu jenen gehören, die stets vergnügt reisen, zufrieden zurückkehren und es am Schluss daheim wieder schöner finden als auf der ganzen übrigen Welt.

Werner Kuhn

Wir lernen die Menschen nicht kennen, wenn sie zu uns kommen; wir müssen zu ihnen gehen um zu erfahren, wie es mit ihnen steht.

Johann Wolfgang von Goethe

Unser wahres Vaterland ist dort, wo wir die meisten Wahlverwandten finden.

Stendhal

Alles Reisen hat seine Vorteile. Wenn der Reisende bessere Länder besucht, lernt er daraus vielleicht sein eigenes zu verbessern, wenn das Schicksal ihn in ein schlechteres verschlägt, lernt er vielleicht sein eigenes zu schätzen.

Samuel Johnson

Wir können uns unseres Mutes nicht sicher sein,
solange wir uns nicht in Gefahr befunden haben.

François de la Rochefoucauld

Was für merkwürdige Dinge erlebt man doch auf Reisen.
Und wie viel gescheiter wäre es, man bliebe daheim!

Voltaire

Das Beste, was man vom Reisen nach Hause bringt,
ist die heile Haut.

Persisches Sprichwort

Zum Reisen gehört Geduld, Mut, Humor, Vergessen aller häuslichen Sorgen und dass man sich durch kleine widrige Zufälle, Schwierigkeiten, böses Wetter, schlechte Kost und dergleichen nicht entmutigen lasse.

Adolph von Knigge

*M*an muss aus den Fußstapfen der Vorgänger
herausstreten um eigene Spuren zu hinterlassen.

Anonym

Weltenbummler und Touristen

Alle Reisen haben eine heimliche Bestimmung,
die der Reisende nicht ahnt.

Martin Buber

Wenn die Welt für nichts anderes
gut wäre, so ist sie doch ein
ausgezeichneter Gegenstand der
Betrachtung.

William Hazlitt

Man reist nicht nur um anzukommen,
sondern vor allem um unterwegs zu sein.

Johann Wolfgang von Goethe

Wenn die Welt auch nicht die beste oder
die nützlichste sein mag, so weiß ich doch,
sie ist die schönste.

Friedrich Schlegel

Die Welt ist mit so vielen Dingen gefüllt,
dass wir alle glücklich wie Könige sein sollten.

Robert Louis Stevenson

Das Universum kann man nicht so erforschen, wie man sich selbst erforschen kann. Erkenne dich selbst, dann erkennst du das Universum.

Mahatma Gandhi

Gutes zu empfangen, zu erweisen,
Alter!, geh auf Reisen.

Johann Wolfgang von Goethe

Das Beste, was der Mensch aus der Welt mit nach Hause bringen kann, ist doch nur seine Bekanntschaft mit ihr.

Wilhelm Raabe

Es sind immer die Abenteurer,  die große Dinge vollbringen.

Charles de Montesquieu

Reiselied

Sonne leuchte mir ins Herz hinein,
Wind verweh mir Sorgen und Beschwerden!
Tiefere Wonne weiß ich nicht auf Erden,
als im Weiten unterwegs zu sein.

Nach der Ebne nehm ich meinen Lauf,
Sonne soll mich sengen, Meer mich kühlen;
unsrer Erde Leben mitzufühlen
tu ich alle Sinne festlich auf.

Und so soll mir jeder neue Tag
neue Freunde, neue Brüder weisen,
bis ich leidlos alle Kräfte preisen,
aller Sterne Gast und Freund sein mag.

Hermann Hesse

Wanderst du, brauche nicht nur deine Füße,
sondern auch Augen, Kopf und Herz.

Deutsches Sprichwort

Was wunderst du dich, dass deine Reisen dir nichts nützen,
da du dich selbst mit herumschleppst?

Sokrates

Der Beduine, der sich in der Wüste auskennt, tauchte mich in tiefe Nachdenklichkeit mit seiner Bemerkung: Es genügt das Fehlen eines Sternes, sodass die Karawane die Richtung verliert.

Dom Helder Pessoa Camara

Ach, das Gefühl, auf Kamelrücken gewiegt zu werden! Vor sich einen ganz roten Himmel, ganz braunen Sand, einen flammend hingestreckten Horizont, gewelltes Gelände.

Gustave Flaubert

Man kann alle Reisenden in zwei Charakterklassen teilen, in freundliche Sanguiniker, die überall sehen und auch sehen wollen, wodurch sich die Fremde vorteilhaft von ihrer Heimat unterscheidet, und in leberkranke Nörgler, die sich zu Hause eine Vortrefflichkeitsschablone zurechtgemacht haben und über alles verstimmt sind, was davon abweicht.

Theodor Fontane

Nur wenige sind sich bewusst, dass sie nicht nur reisen um fremde Länder kennen zu lernen, sondern auch um fremden Ländern die Kenntnis des eigenen zu vermitteln.

William Somerset Maugham

Als deutscher Tourist im Ausland steht man vor der Frage, ob man sich anständig benehmen muss oder ob schon deutsche Touristen da gewesen sind.

Kurt Tucholsky

Wir Deutschen reisen hauptsächlich um den Baedeker auf seine Richtigkeit zu kontrollieren.

Anneliese Rothenberger

Ein Gärtner reist nicht ohne Notizbuch und sauberes Taschentuch. Das Notizbuch zum Aufschreiben und das Taschentuch zum sanften Herabfallenlassen auf eine wunderschöne Pflanze, von der man mit gutem Gewissen entweder ein oder zwei Samenkörner oder einen kleinen Steckling mitnimmt. Aber man stiehlt niemals die ganze Pflanze. Das ist unfein.

Karl Foerster

*U*m sich zu unterrichten, genügt es nicht,
dass man nur Länder durcheilt; man muss zu reisen wissen.
Um zu beobachten, muss man Augen haben und sie auf den
Gegenstand richten, den man kennen lernen will.

Jean-Jacques Rousseau

*D*er Blick des Forschers fand nicht selten mehr,
als er zu finden hoffte.

Gotthold Ephraim Lessing

Woher komme ich? Wohin fahre ich?
Und warum so eilig?

Jean-Jacques Rousseau

Nur die Ruhe ist die Quelle jeder großen Kraft.

Fjodor M. Dostojewski

Wer ununterbrochen vorwärts marschiert,
steht die Hälfte seines Lebens auf einem Bein.

Manfred Bieler

Der Mensch von heute hat nur ein einziges
wirklich neues Laster erfunden: die Geschwindigkeit.

Aldous Huxley

Nur aufs Ziel zu sehen verdirbt die Lust am Reisen.

Friedrich Rückert

Kein Weg ist zu lang für denjenigen,
der langsam und ohne Eile vorwärts schreitet;
kein lockendes Ziel liegt zu fern für den,
der sich mit Geduld rüstet.

Jean de la Bruyère

Man kann es auf weiten Reisen erleben,
wie vertraut und lieb der Mensch dem Menschen ist.

Aristoteles

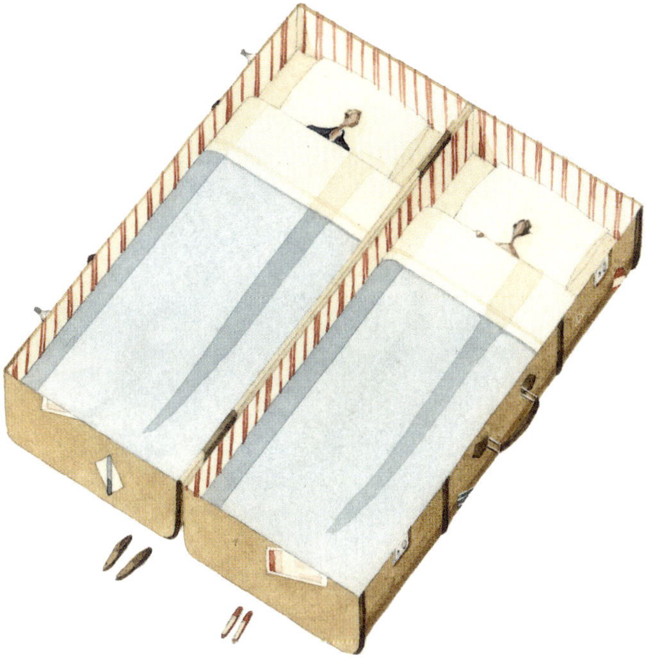

Verreise nie mit jemandem, den du nicht liebst.

Ernest Hemingway

Überquere erst den Fluss,
bevor du dem Krokodil sagst,
dass es Mundgeruch hat.

Chinesisches Sprichwort

Abenteuerurlaub besteht
aus siebzig Prozent Vorfreude und
aus dreißig Prozent Nachsorge.

Alberto Sordi

*N*ichts geschieht ohne Risiko,
aber ohne Risiko geschieht auch nichts.

Walter Scheel

*D*ie größte Gefahr im Leben ist,
dass man zu vorsichtig wird.

Alfred Adler

An fernen Orten gibt es viele
zu Recht berühmte Reiseziele.
Bekanntlich zeigt sich der Tourist
da, wo er nicht zu Hause ist.

Frantz Wittkamp

Der Tourismus ist die Völkerwanderung der Neuzeit.

Halldór Laxness

Unsere glücklichsten Augenblicke als Touristen
scheinen sich immer dann einzustellen,
wenn wir über eine Sache stolpern, während wir
eigentlich etwas ganz anderes gesucht haben.

Lawrence Block

Die Touristen sind eine Internationale der Neugier.

Alberto Moravia

Jeden Tag lernen wir Dinge, von denen wir keine Ahnung hatten. Reisen bilden wirklich sehr.

Voltaire

Das Praktische am Urlaub ist, dass er einem nicht nur die Kraft gibt, die Arbeit wieder aufzunehmen, sondern einen auch derart pleite macht, dass einem gar nichts anderes übrig bleibt.

Anonym

Am liebsten lässt sich der Tourist
vor Sehenswürdigkeiten nieder,
schreibt Ansichtskarten, trinkt und isst,
macht Fotos und entfernt sich wieder.

Frantz Wittkamp

Was ist der Mensch am Badestrand?
Eine Zielscheibe für die Artillerie der Sonne
und eine Tankstelle für die Mücken.

Vittorio de Sica

Urlaub – das ist jene Zeit, wo man
zum Ausspannen eingespannt wird.

Hans Söhnker

Ein Tourist ist ein Mensch, der auf Reisen geht
um mal was anderes zu sehen und sich dann beklagt,
dass alles ganz anders ist.

Anonym

Wenn das ganze Jahr über Urlaub wäre,
wäre das Vergnügen so langweilig wie die Arbeit.

William Shakespeare

*D*ie Welt ist groß, besonders oben!

Wilhelm Busch

ANDRE LÄNDER, ANDRE SUPPEN

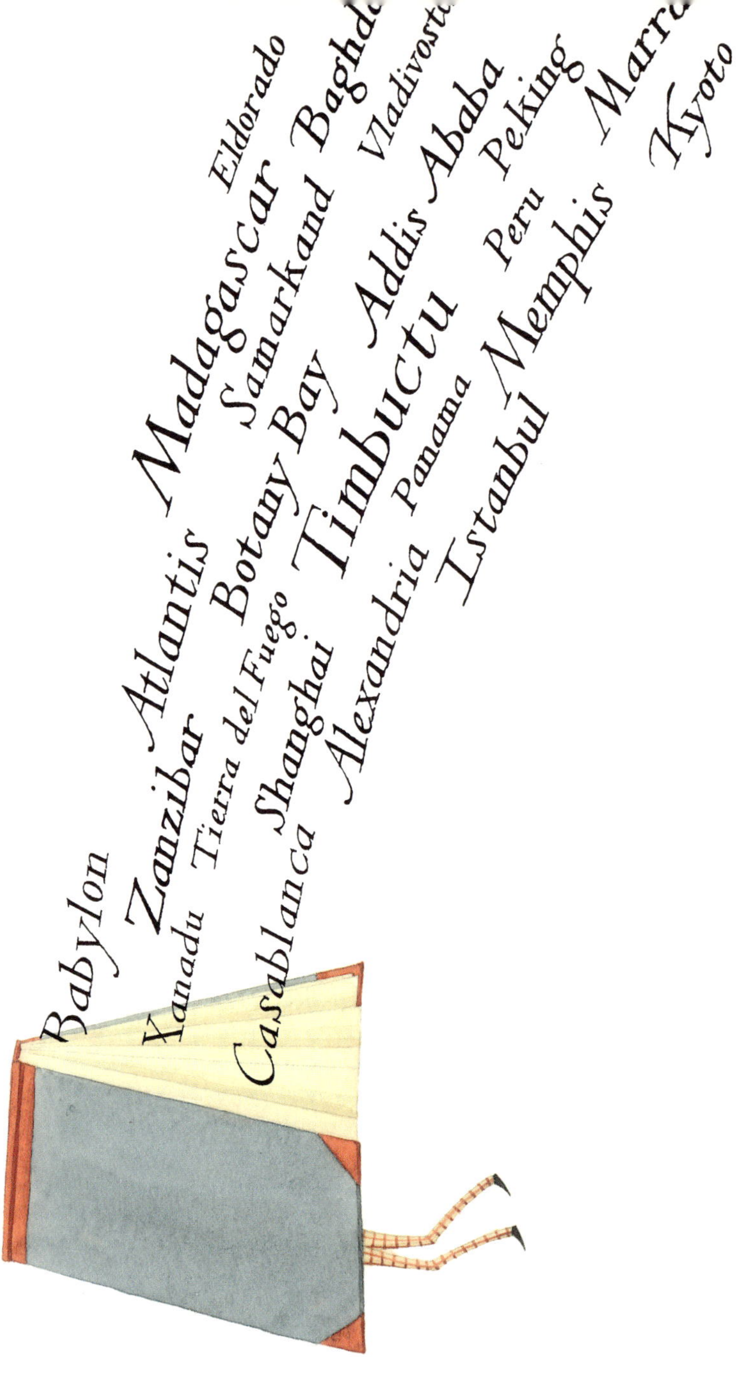
Babylon
Zanzibar
Atlantis
Madagascar
Eldorado
Xanadu
Tierra del Fuego
Botany Bay
Samarkand
Baghd
Casablanca
Shanghai
Timbuctu
Addis Ababa
Vladivost
Alexandria
Panama
Peru
Peking
Istanbul
Memphis
Marra
Kyoto

Ein Reisender, der das Ziel seiner Reise und den Weg zu seinem Ziele kennt, hat einen Reiseplan.
Was der Reiseplan dem Reisenden ist, ist der Lebensplan dem Menschen.

Heinrich von Kleist

Für jeden Reisenden, der eine Spur eigenen Geschmack hat, wird der einzig nützliche Reiseführer der sein, den er selbst geschrieben hat.

Aldous Huxley

Ich habe mein Leben mit der Lektüre von Reisebeschreibungen zugebracht und ich habe niemals ihrer zwei gefunden, die mir vom selben Volk dieselben Vorstellungen vermittelt hätten.

Jean-Jacques Rousseau

Ich reise niemals ohne mein Tagebuch. Man sollte immer etwas Aufregendes zu lesen bei sich haben.

Oscar Wilde

Gegenwind macht den Menschen weise.

Französisches Sprichwort

Der kürzeste Weg ist nicht der möglichst gerade,
sondern der, bei welchem die günstigsten Winde
unsere Segel schwellen;
so sagt die Lehre der Schifffahrt.

Friedrich Nietzsche

Der Mensch geht durchs Leben, wie ein Reisender
über die Meere fährt.

Chinesisches Sprichwort

Beim Beginne einer Unternehmung und unweit des Zieles ist die Gefahr des Misslingens am größten. Wenn Schiffe scheitern, so geschieht das nahe am Ufer.

Ludwig Börne

Wind und Wellen sind immer auf der Seite des besseren Seefahrers.

Edward Gibbon

Man kann erst steuern, wenn man Fahrt hat.

Emil Gött

Ich glaube, dass, wenn wir auf die sich in der Natur selbst vorfindenden Kräfte Acht geben und versuchen, mit denselben und nicht gegen sie zu arbeiten, wir den sichersten und leichtesten Weg zum Pol finden werden.

Fridtjof Nansen

Über die Wolken führen keine Pfade, wir müssen schon den Weg auf der Erde nehmen.

Chinesisches Sprichwort

Warum wir auf die Berge steigen?
Weil sie da sind.

Edmund Hillary

Das Ersteigen der Berge wie der Weg zur Tugend ist besonders wegen der Aussicht, die man vor sich hat, beschwerlich.

Heinrich von Kleist

Was nun die Besteigung des Berges betrifft, so geschieht dieselbe vom Tale aus.

Adalbert Stifter

Wie anziehend, wie fesselnd sind doch Meer und Strand!
Wie verliert man sich in ihrer Einfachheit, ja, in ihrer Leere!

Walt Whitman

Das Wasser ist ein freundliches Element für den,
der damit bekannt ist und es zu behandeln weiß.

Johann Wolfgang von Goethe

Wasser ist eine schwerere Luft: Wellen und Ströme
sind seine Winde, die Fische seine Bewohner,
der Wassergrund ist eine neue Erde!

Johann Gottfried Herder

*W*er unter die Oberfläche dringt, tut es auf eigene Gefahr.

Oscar Wilde

*D*ie Flüsse sind Wege, die wandern und die uns dahin bringen,
wohin wir wollen.

Blaise Pascal

*A*ls der Meister einst an einem Fluss stand, sprach er:
So fließt alles dahin – rastlos, Tag und Nacht.

Konfuzius

*H*umor ist der Schwimmgürtel auf dem Strom des Lebens.

Wilhelm Raabe

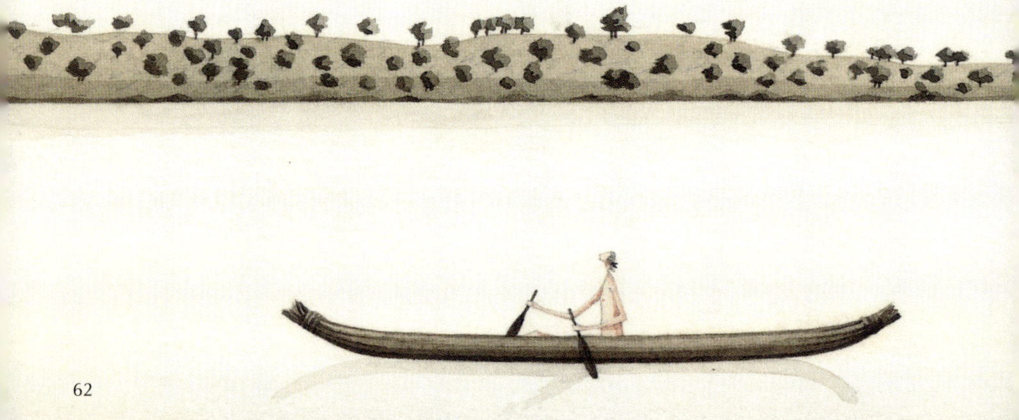

*J*ede Landschaft hat ihre eigene besondere Seele,
wie ein Mensch, dem du gegenüberlebst.

Christian Morgenstern

*D*er Unterschied zwischen Landschaft und Landschaft ist klein,
aber es macht einen großen Unterschied, wer sie anschaut.

Ralph Waldo Emerson

Brief an Schiller aus der Schweiz am 14. Oktober 1797

Wenn eine Reise uns zu gewissen Zeiten zerstreut, so führt sie uns zu andern desto schneller auf uns selbst zurück; der Mangel an äußern Verhältnissen und Verbindungen, ja die lange Weile, ist demjenigen günstig, der manches zu verarbeiten hat. Die Reise gleicht einem Spiel; es ist immer Gewinn und Verlust dabei, und meist von der unerwarteten Seite; man empfängt mehr oder weniger, als man hofft, man kann ungestraft eine Weile hinschlendern und dann ist man wieder genötigt sich einen Augenblick zusammenzunehmen. Für Naturen wie die meine, die sich gerne festsetzen und die Dinge festhalten, ist eine Reise unschätzbar.

Johann Wolfgang von Goethe

Das Schreiben gibt mir einen Vorwand zum Reisen und das Reisen gibt mir etwas, worüber ich schreiben kann.

Athena V. Lord

Allein aus Freude am Sehen und ohne die Hoffnung, seine Eindrücke und Erlebnisse mitteilen zu dürfen, würde niemand übers Meer fahren.

Blaise Pascal

Wer eine große Reise gemacht,
hat große Lügen mitgebracht.

Spanisches Sprichwort

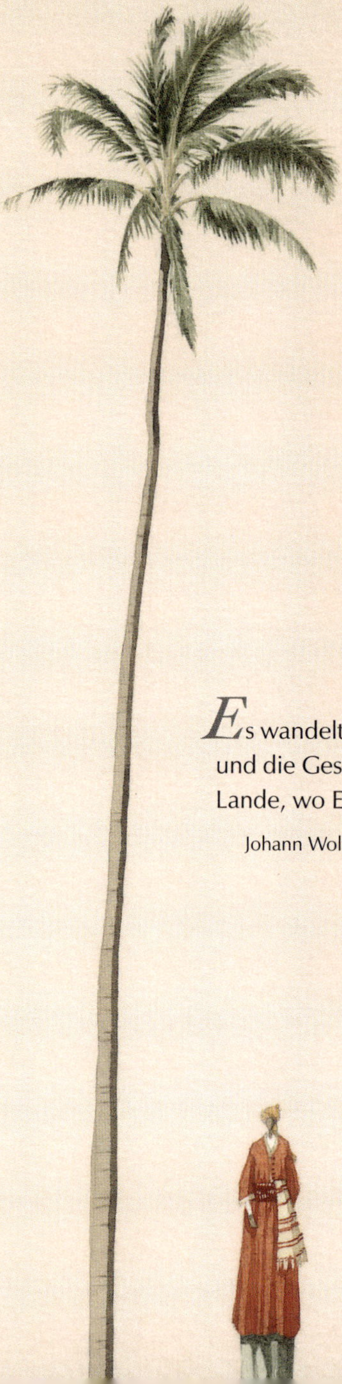

Es wandelt niemand ungestraft unter Palmen und die Gesinnungen ändern sich gewiss in einem Lande, wo Elefanten und Tiger zu Hause sind.

Johann Wolfgang von Goethe

Heimkehr zum Fernweh

Wenn ein Reisender heimkehrt,
soll er die Länder, die er besucht hat,
nicht ganz hinter sich lassen.

Francis Bacon

Immer krieg ich Heimweh,
bevor ich irgendwohin reise.

Sylvia Plath

Jede Reise hat zwei Höhepunkte:
den einen, wenn man lebenshungrig
und voller Erwartung hinausfährt,
den anderen, wenn man heimkehrt
und sich freut auf daheim.

Heinrich Spoerl

Ein Zuhause ist, wohin man geht,
wenn einem die Orte ausgegangen sind.

Barbara Stanwyck

Man verreist ja doch nur um es
daheim wieder schön zu finden.
Das ist der Sinn des Tourismus.

Manfred Schmidt

Was für ein Glück, fern von achtspurigen Highways und Supermärkten zu sein, da, wo Straßen für Fahrräder und junge Liebende gemacht sind, wo Blumen die Lenkstangen und Ampeln schmücken.

Sylvia Plath

Unsere Erlebnisse sind viel mehr das, was wir hineinlegen, als das, was darin liegt.

Friedrich Nietzsche

Alles, was uns begegnet, lässt Spuren zurück.
Alles trägt unmerklich zu unserer Bildung bei.

Johann Wolfgang von Goethe

Wenn du das große Spiel der Welt gesehen,
so kehrst du reicher in dich selbst zurück.

Friedrich von Schiller

Die eigentlichen Entdeckungsreisen bestehen nicht im Kennenlernen neuer Landstriche, sondern darin, etwas mit anderen Augen zu sehen.

Marcel Proust

Ein Mensch durchreist die ganze Welt auf der Suche nach dem, was ihm fehlt – und findet es zu Hause.

George Moore

Beim Wiedersehen nach einer Trennung
fragen die Bekannten nach dem, was mit uns,
die Freunde nach dem, was in uns vorgegangen.

Marie von Ebner-Eschenbach

Die Füße eines Menschen sollten in seinem Lande verwurzelt sein.
Mit seinen Augen aber sollte er die Welt überblicken.

George Augustin Nicolas de Santayana

Katzen erreichen mühelos, was uns Menschen versagt bleibt: durchs Leben zu gehen ohne Lärm zu machen.

Ernest Hemingway

Wenn ein Reisender nach Hause zurückkehrt, soll er nicht die Bräuche seiner Heimat eintauschen gegen die des fremden Landes. Nur einige Blumen von dem, was er in der Ferne gelernt hat, soll er in die Gewohnheiten seines eigenen Landes einpflanzen.

Francis Bacon

Urlaub ohne Unterlass wäre ein gutes Training für den Aufenthalt in der Hölle.

George Bernard Shaw

Gegenüber von Afrika

Heimathaben ist gut,
süß der Schlummer unter eigenem Dach,
Kinder, Garten und Hund. Aber ach,
kaum hast du vom letzten Wandern geruht,
geht dir die Ferne mit neuer Verlockung nach.
Besser ist Heimweh leiden
und unter hohen Sternen allein
mit seiner Sehnsucht sein.
Haben und rasten kann nur der,
dessen Herz gelassen schlägt,
während der Wandrer Mühsal und Reisebeschwer
in immer getäuschter Hoffnung trägt.
Leichter wahrlich ist alle Wanderqual,
leichter als Friedefinden im Heimattal,
wo in heimischer Freuden und Sorgen Kreis
nur der Weise sein Glück zu bauen weiß.
Mir ist besser, zu suchen und nie zu finden,
statt mich eng und warm an das Nahe zu binden,
denn auch im Glücke kann ich auf Erden
doch nur Gast und niemals ein Bürger werden.

Hermann Hesse

Da reist man und reist man und wird sich eines Tages bewusst, dass man auf Reisen ununterbrochen Heimweh aussteht. Gibt man das zu, so ist man vielleicht auch zu dem Eingeständnis bereit, dass es überhaupt der verborgene Sinn allen Reisens ist, Heimweh zu haben.

Erhart Kästner

Die Heimat, das bedeutet: von Zeit zu Zeit
eine Minute der Rührung, aber doch nicht dauernd.

Jules Renard

Wenn man gemütlich zu Hause sitzt, sinnt man auf Abenteuer.
Hat man ein Abenteuer zu bestehen, wünscht man sich,
man säße gemütlich zu Hause.

Thornton Wilder

Unter den therapeutischen Mitteln, die nicht in Flaschen gefüllt und etikettiert in unseren Regalen stehen, ist das Reisen eine Art Vorbeugung, Pflege- und Heilmittel, das zu allen Zeiten gerühmt wurde.

Daniel Drake

Eine Reise ist ein Trunk aus der Quelle des Lebens.

Friedrich Hebbel

Es gibt zwei Welten: die Welt, die wir mit dem Lineal messen können, und die Welt, die wir mit unserem Herzen und unserer Fantasie empfinden.

Leigh Hunt

Ich wünsche dir einen breiten Weg und ganz wenig Steine nur.

Polnisches Sprichwort

Quellen

Carl Peter Fröhling, Wo sprudeln dir frischer die Quellen,

Hermann Hesse, Reiselied; Gegenüber von Afrika,
aus: Hermann Hesse, Sämtliche Werke, Band 10: Die Gedichte,

Mascha Kaléko, Sehnsucht nach dem Anderswo,
aus: Mascha Kaléko, In meinen Träumen läutet es Sturm,

Frantz Wittkamp, An fernen Orten; Am liebsten,